歌集

而《しか》して

恒成美代子

角川書店

而《しか》して　目次

I

II

Ⅲ

装幀　片岡忠彦

歌集　而《しか》して

恒成美代子

I

石は石なり

あかときの夢より覚めておもふかな〈自由〉の不幸、〈不自由〉の幸

ゴビ灘の石と書かれし太き文字消ゆることなし　石は石なり

「旅の地の石を土産に」お願ひは純粋だつたと今なら言へる

籠り居の三日を過ぎてやうやくに海の夕焼け
見に来たけれど

渚辺に打ち上げられし海月ありて棒でつついて
裏返す子ら

ひるがほの薄きはなびら風なくてふるへてゐたり視つめてあれば

余生とは残りの人生（さうかしら）八百屋で茗荷買ひ足し帰る

兆候は何にてあらむ「老いそめてより
……」とうたへる小池光は

石は石　息子は息子と思へども　ときにせつ
なし音沙汰の無く

雨の降る葉月すゑの日泣きながら「小判柴舟」嚙みしめてゐた

目ざましは午前六時に鳴り響き十分ののち再び鳴れり

魯迅通り

アカシアの花の過ぎたる大連の魯迅通りをゆ
つくり歩く

露地に入り思ひがけなき店の名を確かめ今宵
何を食べむや

水餃子たんまり食べてデザートを買ひにゆか
むか風に吹かれて

露天売りのをぢさんの前にひらひらと十元見
せて買ふさくらんぼ

ひらひらと十元を振り十元分のさくらんぼ買
ふ大連露店に

大連市春柳屯二七九番地確かめるべく古地図
ひらく

百元《ファイ》の古地図は高いのか安いのかわからぬ
ままに購うてしまひぬ

大連に貢献をした千名の足形銅版が地面を覆ふ

午後九時を過ぎたる途端明り消え星海《せいかい》広場海の香のする

きのふに続き魯迅通りをまた歩く『アカシヤの大連』幻のまま

大連の五月の空に槐花《ファイフア》の咲くころ訪はむきつと訪ふべし

激戦の二〇三高地のいただきの売店に書く吾宛の絵葉書

数多なる兵士のたましひ鎮めむと二〇三高地の爾《に》霊山《れいさん》の塔

肉穂花序

青年をどこか引き摺るおもざしの裏がへし着る青きTシャツ

無口なるは時に凶器のごとくにも向けられてゐる夕日の海へ

思ひおもひに帰りゆく背《せな》まだ何かことばのやうなものただよひぬ

肉穂花序突きたて深紅の造花やうアンスリウ
ムばかり残りて

泣きながらゴーヤの蔓を切り落とす大規模改
修工事を前に

マンションはガーゼ巻かれて建ちをれば風にかすかに窓明りあり
池田はるみ『ガーゼ』

マンションに巻かれしガーゼをうたひたる池田はるみのガーゼはこれか

むし暑く無風のゆふべ大西さんが乗つてゐるとふＩＳＳあふぐ

これやこの是枝監督の怒りをばしみじみ思ふ
八月六日

夜の秋

かまつかの朱色にわが足立ち止まる逢ひたい
ひとのゐるにはゐるが

川土手に芙蓉の花の凋みゆきほんのり紅《こう》をともしゐるなり

常用の「ポリフェノール赤梅酒」今宵もいただく梅のチカラぞ

いちりんの桔梗むらさき瓶に挿し問へど応へ
てくれない上様《かみさま》

つつがなく暮らすご褒美　ゆふぐれの橋を渡
れば夜の秋なり

かまつかのくれなゐ褪せて渡る風なまあたたかく　けふは秋雨

宙をゆくＩＳＳも観えざりてゆつくり淹れる八女の玉露を

真葛原

「森の巣《す》烏《からす》なう」の「なう」は詠歎の口調と
知りぬ校注読みて

颱風の過ぎたる小道ここかしこあをき椢の実
散りぼひにけり

茫然と自失してゐた秋だつた去年《こぞ》神無月われ
の心処は

墓参しても泣かなくなつたとけふ気付く泣かなくなつたことが悲しい

軒下に束ね干さるる唐辛子の赤さのやうな痛みの兆す

蜻蛉の高く低きに群れ飛びてふたたび聞かれ
ぬ声思ひ出す

蛇の髭のうすむらさきの花に屈み「また来る
けんね」と黄泉びとに告ぐ

凸凹のいびつなかたちの榠樝の実　夕日の枝
に七、八個見ゆ

一陣の風わたりゆきいつせいに芒穂ひがしへ
東へ靡く

吹く風に葉裏を見せる真葛原　禍福は糾へないこともある

ボブ・ディランの「風に吹かれて」流れ来る
束の間のゆめの「束《つか》」が摑めず

未完の教会

扇形の二つみづうみに陽の射すを俯瞰してをり機窓に寄りて

スペインの陽はまだ高い夜の九時とつくに過ぎて喧噪の街

葉隠れに緑の毬見えプラタナスの並木の枝が窓まで来てゐる

ひなげしの赤い群落風に揺れたれかがうたふ
「君も雛罌粟《コクリコ》」

展望台まで昇らむと列をなすサグラダ・ファ
ミリア旅の一日

ガウディの未完の教会の展望台のぼりきたりて足のすくめり

起伏ある山野がつづきをちこちのオリーブ畑に働く人見えず

橙黄のオレンジあれは食べられないオレンジ
並木指さしながら

三個目のピンチョス皿に分け呉るるいつから
優しくなつたのだらう

内戦の空爆の怒り絵となりて掲げられゐるピ
カソ「ゲルニカ」

団体に逸れて巡る美術館ベラスケス、ゴヤ、
グレコの名画を

ジャカランダの街路樹バックに写さるる薄紫
の旅の朝なり

千年の礎石

楷の木のもみぢは雄木のはうが美《は》し　そのくれなゐに酔へるは雌木か

冬空に飛行機雲がゑがく弧をあふげり大宰府
政庁跡に

千年の礎石に腰を下ろしゐる大島史洋のたよ
りなき背《せな》

異次元へ連れられゆける心地せり師走真昼の
アクセストンネル

大ガラスに映りし森に飛び込むな　ふくろふ
の眼が視てゐる屋根に

博物館裏の搬入口の屋根のへに守り神なるふくろふの模型

長目《ちやうもく》のいささか緩む人もゐるバードストライク防ぐふくろふ

またくるけんね

左手に四連の宮ケ原橋の見えいよいよ夫の故
郷に近づく

寄口橋のまたの名前は眼鏡橋おばしまに寄り
水面見下ろす

洗玉橋渡つて下り井上豆腐店の旨い豆腐を買
つて帰らう

たとふれば〈松竹梅〉の竹の段　下から順に
食《は》むピオーネを

黄緑のロザリオ・ビアンコゆつくりとひとつ
ぶづつを口に入れたり

舌で探りぶだうの種を出すことを教へてあげた幼かつた子に

ぶだうだけを食べてお昼を抜きしことどうでもいいこと日記に記す

雷光にゆふべの天の明るむを見惚れてゐたり
灯りを消して

先端の尖り愛しく歯に当ててマニキュアーフ
インガーもてあそぶかな

虫たちが土の中へ戻っていく季とぞ　ぶだう
ぶだうの旨し

未使用の昭和の切手あまたあり一九七一年
「見返り美人」

星野川とあひあふ横山川上流に螢出るころ
「またくるけんね」

場所

点燈に書きゐし君のねがひなる「釜石に行きたい」場所として在る

九份の小道の石段をのぼりゆく　灯る提灯《ランタン》ほのぼのとして

ゆふやけの海を遥かに望みつつ蚵仔煎《オーアーチエン》の甘辛いただく

台北の夜の街衢の瞬きをふたり見てをり九十
一階屋外展望台に

青銅器・玉器・陶磁器を観て巡る至宝さまざ
ま故宮博物院は

旅先からわたしが私宛に出した絵ハガキ

十日経て届きし絵ハガキ台湾の「左營慈濟宮
龍虎塔」

二〇一七年九月十五日、六時五十七分　北朝鮮ミサイル発射
フェイスブックよりさかなクン発信

ミサイルの捨て場所でない太平洋、海には海
の生物がゐる

二〇一七年秋、夫は定年

穏やかでゐられますやうにと送り出すけふ定年の扁《ひら》たい背中

パソコンのデスクのまへに加計呂麻島の島の写真の貼られゐるなり

退勤のあなたの足が向かふのはきのふも行った古書店だらう

奥田民生になれないなんて当然の、必然のこと、彼岸花咲く

定年といふ果敢無ごと　ことなく通過儀礼
と笑ふや　ゆふがほ

えいゑんに

ことしまた絵馬に祈《ね》ぎごと書いてゐる息子の
楷書「全員合格」

えいゑんにあなたは息子なのだから梅ヶ枝餅を食べながら告ぐ

飛梅《とびうめ》のいまだ開かず　またしても圧《お》しの一手の「問題無いです」

困つたら電話しんしやい、帰りんしやい、か
あさんいつも此処にゐるから

ひよいひよいと線路のうへをあゆみゆく白鶺
鴒よ　いのち落とすな

一月六日、松村あやさん逝去、享年九十一歳

長良東の出発点ゆ雲に乗り松村あやさんゴクラクへ赴《ゆ》く

あやさんのちひさな店で「昭和枯れすすき」を唄つてゐたのは大島史洋

稲葉峯子、鎌田弘子、松村あや「未来」の先輩逝きてしまひぬ

冬空のメタセコイアに言問《こと》へど何も応へず立つてゐるだけ

玄関の松と南天そのままにけふ水仙を加へて
活ける

つんつんと伸びゆく貝母のみどり色きさらぎ
朔日、降る雪は降れ

とりたててフェミニズムと言はずとも私はわたし灑落に生きむ

赤ワイン・獺祭・白州並べてもそんなに飲めず梅酒ソーダー割り

前菜のあん肝豆腐ゆつくりとゆつくりとして
舌はあぢはふ

真心が国を動かすものがたりむかしはそんな
こともあつたさ

聖地霊園へ

都心より黄色の電車に運ばれてわれわれは冬晴れ
の聖地霊園へ

聖地霊園の墓碑に額《ぬか》づく　先生の発する言葉
が甚《いと》怖かつた

霊園のしんかんとしてわが影が墓碑に映るよ
芝生に動くよ

遮るものなきゆゑ空の広く見え天満敦子の
〈バラーダ〉こほし

むかひあふ二人の卓の芥子《からし》和へ、喜多屋の酒
があればじふぶん

「本日のお題は何にしませうか」「冥くて重いものはいやだな」

取り留めもなく飲んでゐる　わさび菜とかつを納豆サラダはいかが

草萌えてリードの長さに走る犬きのふと違ふ
少年が引く

那珂川の水面さざなみ照り陰る今生《こんじやう》こそが
夢の器《うつは》よ

花菜雨降るを見てをりオキシトシンを増やす
食材探してみよう

えいゑんに息子は独り身なのかしら。どうで
もよけれど、だけど、云々

春雨に濡れて芽を出すラナンキュラスああわたくしも身ぢからの欲し

II

天比登都柱

繙くは岩波文庫『古事記』なり「大八島国生成」の章

伊邪那岐命《イザナギノミコト》と伊邪那美命《イザナミノミコト》がまぐはひて生みし伊伎島《イキノシマ》すなはち壱岐よ

天上に達する一本の柱とぞ国生み神話の「天比登都柱《あめのひとつばしら》」

五月某日、壱岐へ

神々の島なる壱岐のしまの道い行けばをちこち神のみ社

月讀命《つくよみのみこと》を祀るみ社の急勾配の石段のぼる

深々と礼《ゐや》してをりぬ　祈《ね》ぎごとがあつたのだ
らうかわが連れ合ひは

み社の鳥居に手を触れ「さやうなら」ふたた
び此処に来ることなけむ

玄界灘に切り立ち笑ふ猿岩に笑つてしまふ
風に吹かれて

背をずいと押せば崖から落ちるだらうわが妄
想の怖くて、愉し

活き鮑、栄螺、生雲丹これやこの島の銘柄の
「壱岐の島」二杯目

玄界灘の海に入りゆく大いなる夕つ日見てを
り酔ひまはりつつ

別れないこと

豆乳をドコドコ入れて作りたる名無しの御菜
をつとの十八番《おはこ》

調理中に飲むのはやめてと諭してもさとして
もまたビール飲んでる

出来上がるころはキッチン片付いてエプロン
の紐解《ほど》いてあげる

乾杯をするのはワインと決めてをり　気まずい時もあるにはあるが

わたくしが前《さき》に逝つてもだいぢやうぶ料理の師範と認定すれば

むらぎもの心すべなくなかんづく七十五歳に
なりしはまことか

しらぬひつくしの樗の花は散りいそぐ「別れ
ないこと」吾にわが言ふ

エッセイ「本のゆくすえ」

三ＬＤＫのマンション住まいの我が家の蔵書はすでに飽和状態。それなりに年間購読の短歌雑誌を四誌、短歌新聞三紙、寄贈本は日々送られてくる。糅てて加えて、連れ合いの蔵書ときたら古い「海」や「すばる」、「試行」、「現代詩手帖」などあり、はては「ガロ」や『つげ義春全集』などいっこうに処分する気配がない。こうなればどちらかが先に死んだ時、遺った者が処分する方法しかない。確率的にわたしが先に逝くのがなんとも口惜しい。

濾過して

左手に青の洞門見えてきていよよ「山国」やまのなかなり

をちこちの岩の面の丸き穴に水溜まりゐる猿《さる》
飛《とび》甌《おう》穴《けつ》群《ぐん》

三十年通ひ指導したりしと石田比呂志を尊《たふと》ぶ
こゑあり

褒貶を濾過して流るる水の声もうこの世には
不在のひとり

岩を打ち、岩を乗り越え、流れ行く山国川の
水の音聴く

けふ此処にゐるのも縁《えにし》おほいなる歌碑のまへにて歌を齢む

如月の午後の陽に映えいしぶみの歌の剛直亡きひとの文字

経験

遮光カーテンの向かうに囀る鳥のこゑ　もう
すこしだけわが若ければ

休日のうすら寒さよ　むらさきの匂ひ菫の鉢
を置き換ふ

珈琲の香を満たしめてリビングに腑抜けのや
うな軟体だつた

強情で頑固でそのうへ泣き虫でさういふひと
がわたくしなのか

桜桃の枝から枝へと移りゆくメジロ見てをり
何なすとなく

パンジーの花のまなこに見つめられもう言ひ
訳をするのはやめた

たぶん、否《いな》、きつとあの人はわかるだらう
希望的観測に過ぎないけれど

経験は人を変へることもある変はりしまへの
わたしがいとしい

エッセイ「同姓同名」

世の中には自分によく似た人が三人は居るらしい。似た人に会ったことはないが、同姓同名の人は三人知っている。フェイスブックに登録しているねと教えてくれたのは幼馴染。写真を見ても別人と気付いて貰えなかった。某短歌大会に投稿していたねと伝えてきたのは友人。投稿者は別人。同姓同名のかたが短歌を詠んでいるとは……。

七日七夜

笹崎宮放生会にぞいざ行かむ七日七夜《なぬかななよ》の祭り
はじまる

算段をするのは子どもちちははに貰ひし小遣
ひさて何買はむ

お化け屋敷のまへまで行きて入らむと言《こと》にい
だせどなどか躊躇ふ

いかやうな音するならむ「博多ちやんぽん」
じやうずに吹けず口を尖らす

一つひとつ巫女さん描きしちやんぽんの花の
図かはゆしビードロかはゆし

玉蜀黍の皮は剝かれて山と積まれ七日七夜を
焼くたうもろこし

葉つぱもろとも売られてゐたる新生姜掲げて
帰れば祭り、完結

エッセイ「博多の祭り」

博多三大祭りの一つである筥崎宮放生会、福岡市東区の筥崎宮で、今年は九月十二日から十八日までだった。千年以上続く神事のその起源は「合戦の間多く殺生すよろしく放生会を修すべし」という御神託によるものらしい。ちなみに「放生会」は「ほうじょうえ」ではなく、筥崎宮では「ほうじょうや」と言う。万物の生命をいつくしみ、殺生を戒め、秋の実りに感謝するお祭りである。秋の実りといえば「梨も柿も放生会」とも呼ばれ、参道には五百以上の露店が軒を並べ、葉付きの新生姜を売る店もちらほら並ぶ。少しお高いが葉付きの珍しさもあり、わたしは今年も買った。生姜の葉っぱはお風呂に入れると効能がある。

そして、放生会といえば、博多ちゃんぽん。これは、食べ物のチャンポンではなく、ビードロ細工。形状は球形で薄い。管の先から息を吹き込むと、「チャンポーン、チャンポーン」と涼しい音色を出す。筥崎宮の巫女さんたちが一個一個、絵付けする様子が毎年ニュースになる。博多に秋を告げる風物詩である。

それにしても、柱の太さでは国内有数を誇る大鳥居が撤去されてしまったのは残念でならない。筥崎宮のシンボルでもあった大鳥居。罅が入ったとかで、安全確保のために撤去となってしまった。こうして古い歴史ある構造物が消えてゆく。

文化村

夕立の去りたるのちの山道をリスの走りぬ崖より崖へ

石窟のなかにましますま本尊佛ながく垂れたる
耳のうるはし

花崗岩に刻まれありしみ佛のほそきまなざし
滑らかな肌

慶州の石焼きビビンバ味はひてそして、それ
から旅は続きぬ

トランクに夫が隠してもちきたる本格焼酎
「大魔王」なり

山肌に造られたりし集落を文化村にぞなしたる力

青い屋根、赤い壁、黄色の家並ぶ絵本のなかに入り行く如し

甘川洞文化村を俯瞰して遠き時代の〈生活〉偲ぶ

旅に見しことを克明に記しゐるけふもけふとて就眠儀式

ゆふがほ

ゆはゆはと白き花びら開きゆくゆふがほあふ
ぐ午後の四時半

ベランダにしばらくあふぐゆふがほの仄明るめる花のさびしさ

御年《おんとし》は九十歳の馬場あき子「なんだか毎日忙しいのよ」

馬場あき子、春日真木子の〈生〉滲む歌に触
れゐる秋の夜長を

がめ煮・おきうと・明太子「いろどり御飯」
の博多前菜

このひとは酒を呑めない歌人《うたびと》かさうさむかし
は『貴腐』の俳人

筑紫口赤いポストの前に待つ新幹線で西下の
ひとを

一石日和

いま船はいづこのあたり窓に見る夜のかぐろき海面をすすむ

ありあけの窓にぞ見ゆる月冴えてかたへに金星寄り添ふあはれ

をみなとてひとよに一度はお伊勢さん　列に並びて渡る宇治橋

身のほどのわが身がだいじ亥の年を伊勢へ詣でて外宮・内宮へ

「ふくろふはふくろふで私は私で眠れない」山頭火の句を齢む

いづこからする声ならむ「泣いてもいいよ」
これは夢だと確信してゐる

おもひでを思ひだすのはつらからう一石日和
のうすら陽のさす

しよんなかたい

少年のあなたが遊んだ星野川の夕空よぎりゆくはぐれ鳥

自著をして日本尊厳死協会へ送る手続きあな
たはしてゐる

「じよんなかたい」母の繰り言思ひ出づ生き
てしあらば何といふらむ

五年先、三年先もわからずにふつうにふつうにごはんを食べる

買ふあてもないのに天神地下街をひと巡りして戻り来るなり

わさび菜の黄色の花の咲きはじめちひさなむ
ぞ、か蜂が来てゐる

背《せな》を吹く風まだ寒くさんぐわつを待ちゐるわ
れやたどたどとして

山の端《は》に没りゆく夕つ日たましひは雁字搦め
となりて見てをり

この頃はいろんなことが遠くなる映画の台詞
のやうなことばよ

へきれき

二字ともに雨冠の付く「へきれき」書けない
わたし　ゆるしてください

十五階の窓かすめゆく翼ありごはんの途中に見てゐる呆《ぼう》と

窓の向かうにおぼろに見ゆる志賀島　ああの道は「海の中道」

植栽帯の満天星躑躅の花のうへ飛ぶてふてふ
のふんはりふはり

敷道にさくらの蕊が吹きたまる過ぎし歳月お
ろそかならず

思ひ出はおもひだすためにあるものをけふの
記憶の脳《なづき》を去らず

月に水があるつていふのはほんたうか四月
「残酷な季節」ともいふ

二時間の抗癌剤治療を受けてゐるあなたを思ふ葉桜の下

公園に待つ時のままを読む文庫こころはまたも十三階のきみへ

一度だけ泣いたあなたの顔を見た　泣いたあなたの顔が消えない

笑つて

『草花の匂ふ国家』を読みてゐる病室のあなたに逢ひに来たれば

曖昧な時間けふ無し買物のメモに「バナナ」を書き添へておく

帰りしな言はれし言葉「しつかりとごはんを食べて」「はい、さうします」

こんな時だから笑つて暮らしたい花山多佳子
の歌に笑つて

ふたりで見た真玉海岸のゆふやけよ　あの日
のことがあまりに遠し

四本の管につながれ呟きぬ「じたばたしても
仕方がないよ」

おかあさん助けてくださいおかあさん祈つて
ください　六月二十六日

「美代子さん、ねえ、笑ひなさい、ほら、笑ひなさい」雨のあぢさゐ艶ます午後を

夜のしらくも

白栲のゆふがほの花ひらき初むわがかたはら
に君のをらざる

小走りに夜のしらくも南より北へとうからやからを連れて

この二夜《ふたよ》千歳《ちとせ》のごともおもはるる思ひ詰めたる脳《なづき》の重し

雀来て雀去りたるベランダにちひさな蜂がゴーヤの棚に

帰るわといへばわが手を引き留むる縋りつくやうな眼《まなこ》を向けて

就眠の時間となりて帰りゆく地熱のいまだ残る街衢を

干涸びる土の面にたつぷりとみづを注ぎてゆふがほの〈生〉

人生がある

こくこくと地球壊れてゆくやうな令和元年八月酷暑

ブティックのドアを開ければ此処はなに濃密
な香に蹂躙される

ウインドーの薔薇の刺繡のワンピースためつ
眇めつ結局買はず

食材を覚えながらもひとり観るコウケンテツの料理番組

十階の窓より俯瞰の芝のいろ消魂《けたたま》しかり濃き緑色

公園の小道を歩むパラソルをさした人にも人
生がある

ラタトゥイユ作るもまたも作り過ぎ食《は》むひと
をらず冷凍保存

もし神にまなざしあればみてほしいくるしみ
てゐる歪な槙櫨を

西都原古墳

一ツ瀬川の右岸まで車走らせて三百超える古
墳を探す

霜月の日差しを浴びて小半時歩いて歩いてま
みゆる古墳

西都原台地に拡がる古墳群行けど行けども小
山また小山

帆立貝形古墳の男狭穂塚《をさほづか》まなこ凝らせどその規模不明

宮内庁の管轄なれば近づけず女狭穂塚《めさほづか》古墳を遠見すわれら

三世紀から七世紀に築造のいにしへびとの此は力技

マンゴーの名をかがふりし菓子あまた宮崎空港に選ぶ家苞

Ⅲ

リアルタイム

玄関のちひさな掛軸「子《ね》」にかへて兎にも角にもあらたまの年

いつのまに削除してゐるブログなり余命のことを案じたりしや

一碗のごはんを半分も食べなづみ今朝の大仕事なしゐる夫は

日本全土の地図に刻刻点滅するリアルタイム
の地震情報

推し量る力失せたりまたしても地球をわれを
神いたぶるや

お手洗ひへよたよたとして歩みゆく右足出して次、ひだりあし

那珂川の水辺に行きたいあなたには付き添ひが要る　睦月九日

彼方への記憶

二〇二〇年一月十九日　一年間の闘病の末、膵臓癌で死んでしまった夫

たいせつなひとをわたしより攫ひしは睦月の
風か何の咎めか

赤い実のクロガネモチに冬陽さし哭き叫んで
ももう還らない

死んでしまつたあなたの足の爪を切る右足の
爪ひだりあしの爪

遺されしわれよりもなほ可哀想なのは死ななければならなかつたあなた

二〇二〇年一月九日退院、告知余命一週間

「帰りたい、家で死にたい」訴へるあなたの願ひ叶へてあげむ

亡きのちのわれを案じて夫の書きし大学ノートの横書きの文字

「出来ないことがあったら電話して頼みなさい」西部ガスはた九州電力

スナップ写真のなかより選びし一枚を遺影に
せむと見すれば安堵す

※

そこにゐるとは思へざる戒名の「釋常修」に
なつてしまつた

きさらぎの雨降りやまず公園の枝垂れの梅に
来る鳥も無し

三食が二食になりて一食になること怖し　食べねばわたし

二〇一七年八月、台湾横断四日間の旅

点燈に書きし願ひは「釜石に行きたい」だつた　ラグビーファン

わたくしの頭に手を載せ笑つてる台北一〇一
展望台にて

九份の狭い石段手をつなぎのぼつて行つたね
エキゾチックだつたね

同人誌「x　えっくす」、同人詩誌「氷炭」

二十六歳のあなたが書きし「彼方への記憶」
諳んじるまでいくたびも読む

最終行のことばがいまも離れない「死者は無言歌はうたわない」嗚呼

妻でありしわたしが記憶に残さねば、記録し
なければ生きた証を

「ゆうやけその夕やけ／いましばらくは／そ
めあげてゆく死者の季」中野修

二十九歳のあなたが書きし「形成への断章Ⅰ・Ⅱ」詩と酒、酒と詩　の日々

※

腕時計四本残して逝きたりし四本の時計が時
きざみをり

那珂川の岸辺のさくらの花のもと幼き子連れ
の一家族見ゆ

万国に災厄があり　思ひ出のあなたの桜たそがれに散る

母さんに今頃会つてゐるかしら　かあさんお酒を呑ませてください

エッセイ「彼方への記憶―中野修追悼―」

二〇二〇年一月十九日、発病して丁度丸一年後、夫は息を引き取りました。六十四歳でした。これから海外旅行を一年に一度はしようねと約束していたのに、その約束は叶わぬ夢になってしまいました。

夫が書きのこした大学ノートにはこまごまとわたしに寄せる心遣いが記してありました。

美代子さんへ

ぼくが先に逝くことになってしまい、あなたに申し訳ない気持ちでいっぱいです。

でもこのことはどうしょうもないので、受け入れるつもりです。(略)

葬儀の宗教はなんでもかまいません。やりやすいようにして下さい。(略)

個人的な借金などは全くありません。(略)

家のことなど、電球の交換など、九電や西部ガスがやっているので頼んで

みて下さい。（略）

人間は死ぬ

一方に向きて湖面を漂える鴨あり首を風に吹かれて　石田比呂志

くまもとの江津湖のほとりに処得て歌碑は建つなりきさらぎ半ば

いしぶみに『冬湖』の一首刻まれて集ひ来たりし所縁《ゆかり》の人ら

遊歩道のかたへに花咲く菜の花や　さはれさはされ「人間は死ぬ」

鴨幾羽ただよふ湖面に向きて建つ歌碑なり石
田比呂志の直筆

少年のまなざしならむホトケノザ摘み来て供
へし塩塚さんはも

エンディングノート

かなたより呼ぶこゑがするたそがれの花舗の
ミモザに足たちどまる

やさしさのことばが欲しいゆふつかたミモザ
を抱へ帰り来るなり

けふ空は真青《まさを》に澄みて古木なる白木蓮のはな
の純白

三月の陽射しを浴びて古代豆、ツタンカーメンの花三つ四つ

マスクあり消毒液も足りてゐる　ああさういへばセロトニン無し

エンディングノートを書くこと勧めらる弥生
さんぐわつわが誕生日に

記憶する言葉はいづれも悲しくて譬へば「僕
は死をうけいれる」

ばらいろの雲を眺めて小半時しあはせなりし
日々の退きゆく

歩いて歩いて

黄華鬘に毒のあること教へられ屈まりながら
スマホに写す

桃色と淡紫の花のいろ烏野豌豆にてふてふとまる

けふわれはあなたを忘るるために来ぬ歩いて歩いて筑紫野の野に

ちくしのの丘の傾《なだ》りに大黄花片喰咲きて春の
長《た》けゆく

踊子草こんなところに咲いてゐたこんな所迄
けふわれは来て

ウォーキング終へて戻り来「ただいま」と声をかけれど声は応へず

次々に東の方へ流れゆく夜の白雲風に吹かれて

回収に出す古新聞縛りつつ出せぬもののありかなしみの量《かさ》

水無月の雨に打たるる山法師その白栲に近づきてゆく

夕映えの雲

ブルーベリー&ハニーの蜂蜜をたっぷりつけ
たトースト食べる

その件はお断わりしますといへなくて雨に濡
れてる秋海棠は

家ごもるけふのまひるはKing Gnuの井口理の
「白日」を聴く

薄き殻ほどけば二つ真白なる乳歯のやうな夕顔の種子

芳《かう》ばしいにほひただよひ初物の秋刀魚焼いてもあなたはゐない

「寒山水」一本あるけど傍らに晩酌をするあなたがゐない

泣いてゐるのはいいかげんやめなさい夕映えの雲うすれゆく頃

白い花ばかり選んで写しゐき「温風至《あつかぜいたる》」このわたくし

散歩といひウォーキングと呼び　けふわれは徘徊してゐる咎めたまふな

逆光の向かうより来る相似形にわが驚きて立ちすくみたり

足許にほつほつ笑《ゑ》まふタマスダレ秋の光は慈愛のやうね

生き急ぐことはあやふしたとふればあなたの
だいじな蔵書の処分

秋霖にしとど濡れをり上を向き淡き花咲く段《だん》
戸檻褸菊《どぼろぎく》

待合室

けふわれはわれ解き放つ手立てとる待合室に
待つのはやめて

紅葉のコキアの花の二万株はるか彼方に茫と
拡がる

遠くより眺めてあれば〈もふもふ感〉猫の毛
並みのやうなコキアだ

真夏日はみどりの色であつたらう眼前のコキアの桃色過激

手入れする作業の人の二、三人腰を屈めてコキア畑に

ショッキングピンクの彩を讃へつつスマホに
写す五枚六枚

溜まりゆく書籍と金子《きんす》をいかにせむ死までの
日月いくばくならむ

迎へにおいで

ちぢこまりちひさな仏壇のなかにゐるあなた
にあらむ　あさがほの朝

パスワードつひにわからずひらけなくなつて
しまつたノートパソコン

「病気平癒祈願」の小石は大分の村尾さんよ
りおくり賜ひ来

生きてゆくことはめんだう　ゆふがほのはなの白さが闇に浮き立つ

「彼方への記憶」の追悼、読んでほしいあなたはゐない、あなたはゐない

粗末なるお菜こそ上等のうつはに盛るべし井
上荒野は

「夏野菜たつぷりプルコギ」食みをれど心貧
しい独りのゆふげ

またしてもきのふと同じ夢を見るきのふと同
じわれにあらねど

これからも此処でわたしは待つてゐるさびし
くなつたら迎へにおいで

而して

今は昔ふくをか居住三十年、そののち博多に
住みて四半世紀

妻といふ在り処消え失せ而《しか》うして博多の端《はじ》に生きねばならぬ

東京の言葉してゐるわがをのこ春まだき日の〈福博であい橋〉に

博多中洲のラーメン屋台に無口なりしあなたがひとこと「替へ玉」と言ふ

海の中道のゆきつく先は陸繋島《りくけいたう》かんのわのなのこくわう印出土す

万葉の歌碑を経《へ》回《めぐ》り食《は》みにける対馬海流の育てし栄螺

たいせつな水と塩です　災厄を祓ひ清めむ志賀海神社へ

綿津見の御座《おはし》しますみ社の馬刀葉椎の葉
てらてら光る

呑兵衛の息子にこ、う、ち、や、る、お土産はいつでも
同じ博多明太子《めんたいこ》

外海と隔てられたる博多湾むかしもいまも
海面《うなも》穏やか

エッセイ「福岡と博多」

福岡市全体を総称として博多と呼ぶことも多いが、厳密には那珂川右岸の市街地が博多である。ちなみに福岡には、ＪＲ福岡駅は無く、那珂川右岸の市街地にＪＲ博多駅がある。福岡駅と名前があるのは天神の西鉄福岡駅であり、西鉄電車の発着・終着駅となっている。

博多商人の町である博多には博多織、博多人形、博多どんたく、博多祇園山笠、博多弁といずれも頭に「博多」が付いている。「福博であい橋」は、武士のまち「福岡」と商人のまち「博多」が出会う場所ということで命名された。海の中道の先端にあるのが志賀島で歴史を学ぶには最適の島である。

長い歴史のなかで培われた伝統と文化に恵まれ、住みやすい街、それが福岡であり博多でもある。

石椅子

那珂川の朝景けふも撮りにゆく七千歩ほどの
ノルマと共に

「筑紫魂」の太き文字書くペナントを君が振つてた暁《あかつき》の夢

一月の九日の雪、此岸にはゐないあの日のきみに見せたい

たうとつにわれは来たりて座りゐる天神中央公園の石椅子

眼の前に「アクロスの森」が見えてゐた病窓よりいつもあなたは見てゐた

丑年の牛を嘉せど疫病《えやみ》ゆゑ「臥牛」を撫づること禁じらる

ふはふはと夜を出で来し現し身はいづこへ行けば納得するや

川の向かうの茶房の灯りが気になりて橋を渡れば茶房目のまへ

ゆふやけがきつと此処より綺麗だらう急いで渡るあの対岸へ

さざんくわの深紅の花が陽に映ゆるあなたが
逝つてもうぢき一年

だいぢやうぶだからと言つて励ましただいぢ
やうぶぢやなかつた病ひ

対のもの対のままなる家ぬちに座るひとなき
椅子をまだ置く

朝の陽のさやぐ那珂川かなしかりきみの血を
継ぐ子のあらざるも

朝焼け

灌木の茂みのなかに枝移りして鳴くうぐひす
一羽か二羽か

あかつきの空にし色の薄れゆく月あり月のあ
はれいつくし

帰りくるを阻めるわれもかなしきろ流行《はや》りの
疫病《えやみ》に揺れゐる母性

異郷にて鬼籍に入りし人あらむこんなところにムスカリの咲く

小走りに近づきわれのまへに来て坐るキジトラ素性は野良猫

ホトケノザ、カラスノヱンドウ野の花をスマホに写し帰りくるなり

ツタンカーメンのあかむらさきの莢を剝く豆ごはんだから二合炊かうか

水槽に泳ぐメダカの増えてゐる明日《あした》もメダカ
増えゆくならむ

きのふよりややに円らな梅の実を木下にあふ
ぐ歩みをとめて

七〇〇〇に二〇〇〇不足の歩数なりふたたび
い行く清水橋まで

其処彼処ウイルス蔓延「はくたか」のチケッ
ト涙ながらにキャンセル

健診の結果まあまあ　萌えいづる樹々の向か
うは朝焼けのして

あとがき

生きていると思いがけないことに遭遇します。その大概は予想もしない重みと悲しみを宿しており、遁れるすべもなく受けとめてきました。

いまだ収束の見えない新型コロナウイルス。その災厄を夫は知らないまま一年間の闘病の末、二〇二〇年一月、膵臓癌のため六十四歳の〈生〉を閉じました。それでもわたしは生きています、生きていかなければと思っています。

妻といふ在り処消え失せ而《しか》して博多の端《はじ》に生きねばならぬ

『秋光記』に続く私の九冊目の歌集題は『而《しか》して』と命名、三四八首を収めました。短歌をはじめてはや五十年近くになります。これからも短歌はきっとわたしの生きてゆく支えになってくれることでしょう。この半世紀の間、短歌によって育まれた友人、仲間、そして先達の方々に愛を捧げます。

出版に際しまして、角川文化振興財団『短歌』編集長の矢野敦志様にお世話になりました。この集を担当して下さいました吉田光宏様には細部に亘って懇切なご助言をいただき、感謝申し上げます。装幀の片岡忠彦様ありがとうございました。

二〇二一年六月十日

恒成　美代子

著者略歴

恒成 美代子（つねなり みよこ）

1943年3月、大分県生まれ
1976年「未来」入会、近藤芳美に師事

1976年8月　第一歌集『早春譜』葦書房
　　　　　（第7回福岡市文学賞受賞）
1987年6月　第二歌集『季節はわれを』雁書館
1992年6月　第三歌集『夢の器』ながらみ書房
1997年3月　第四歌集『ひかり凪』ながらみ書房
　　　　　（第6回ながらみ書房出版賞受賞）
2002年5月　第五歌集『ゆめあはせ』砂子屋書房
2006年6月　第六歌集『小春日和』ながらみ書房
2012年7月　第七歌集『暦日』角川書店
2016年6月　第八歌集『秋光記』ながらみ書房

2010年8月　エッセイ集『うたのある歳月』本阿弥書店
2018年3月　評論集『九州の歌人たち』（共著）現代短歌社
2019年5月　現代短歌文庫『恒成美代子歌集』砂子屋書房

現代歌人協会会員、日本歌人クラブ福岡県代表幹事、
日本文藝家協会会員
NHK学園短歌講師、久留米毎日文化教室短歌講師、
香椎文化サークル短歌講師、陽だまり短歌会講師

歌集　而《しかう》して

2021（令和3）年9月7日　初版発行

著　者　恒成美代子

発行者　宍戸健司

発　行　公益財団法人 角川文化振興財団

〒359-0023　埼玉県所沢市東所沢和田3-31-3

ところざわサクラタウン　角川武蔵野ミュージアム

電話 04-2003-8717

https://www.kadokawa-zaidan.or.jp/

発　売　株式会社 KADOKAWA

〒102-8177　東京都千代田区富士見2-13-3

電話 0570-002-301（ナビダイヤル）

https://www.kadokawa.co.jp/

印刷製本　中央精版印刷株式会社

ISBN978-4-04-884443-7 C0092